CENT HEURES

D'AGONIE

CENT HEURES D'AGONIE,

OU

RELATION DES AVENTURES

D'AUGUSTIN DELESALLE,

Sous-Lieutenant au 3.e Régiment de Dragons ,

Fait prisonnier par les Arabes ; en Syrie , le 23 Ventôse an VII ;

Avec le détail des traitemens barbares qu'il a soufferts dans les vallons de Naplouze , à Jaffa , à Saint-Jean-d'Acre , dans le palais du Pacha Dgezzar (ou l'égorgeur) ; son naufrage dans la Méditerranée ; son retour en France , suivi du certificat du commodore Sidney Smith , ministre plénipotentiaire de sa majesté britannique , et d'autres pièces justificatives.

Publiée par PIERRE VILLIERS , capitaine au 3.° régiment de dragons.

———————

A PARIS,

Chez FAVRE, libraire , Galerie de bois du Palais du Tribunat , aux Neuf Muses, et chez les Marchands de Nouveautés.

———————

VENDÉMIAIRE AN IX.

Versailles, le 5 vendémiaire an 9.

DELESALLE, Sous-Lieutenant au 3.º régiment de Dragons,

Au Capitaine VILLIERS.

Vous avez beau faire, mon cher capitaine, vous ne par-
viendrez jamais à me séduire, encore moins à me fâcher.
Vous voudriez, transformant un soldat en historien, m'en-
gager à faire rire ou bailler vos oisifs, en écrivant mes aven-
tures romanesques. Je ne me sens pas digne de cet honneur ;
tout ce que je puis faire, c'est de vous envoyer le rapport
fidèle des circonstances qui ont fait périr sous mes yeux mes
plus chers amis et m'ont arraché à mes compagnons d'armes,
pour me jeter dans une horde de brigands qui ont épuisé
sur moi tout ce que peut la haine féroce d'un ennemi sans foi.

C'est la copie exacte du récit que j'en ai fait à Paris, au
consul Bonaparte, au ministre Carnot, aux généraux Murat,
Lasne, etc., que je vous envoie. Si vous la publiez, n'allez
pas faire briller votre esprit aux dépens de la vérité ; res-
pectez-la ; je compte sur votre amitié.

Tout à vous, DELESALLE.

NOTA. Malgré la modestie du citoyen DELESALLE, je puis
assurer que dans son historique, je n'ai relevé que quelques
légères incorrections de style, bien pardonnables au brave qui
fait son unique étude des armes. (Note de l'éditeur.)

CENT HEURES D'AGONIE,

OU

RELATION DES AVENTURES

D'Augustin DELESALLE,

Sous-Lieutenant au 3.e Régiment de Dragons,
Fait prisonnier par les Arabes, en Syrie, le 23
Ventôse an VII.

LE 23 ventôse an VII un détachement de 25 hommes, du 3.e régiment de dragons, faisant partie de la division de cavalerie, aux ordres du général Murat, fut commandé pour faire une reconnaissance entre Jaffa et Saint-Jean-d'Acre; le citoyen Terrand et moi nous nous mîmes en marche à leur tête. Nous avions devancé nos avant-postes de plus d'une lieue et demie quand nous découvrîmes une colonne d'environ deux cents Arabes, à cheval, précédée d'une avant-garde de cinquante hommes, que nous avons chargée avec impétuosité, les premiers rangs furent enfoncés, les autres se replièrent sur le gros de leur troupe, qui s'étoit avancée au premier coup de feu; nous nous trouvions trop engagés pour songer à faire retraite, nous résolûmes d'attaquer en flanc la tête de la colonne ennemie. Le chef des Arabes ayant vu notre mouvement, il fit le sien de droite et de gauche, et nous bloqua en faisant feu; nos dragons se jetèrent sur les Arabes, et défendirent leur vie *à la Française.* Pour moi, déjà blessé au bras droit d'un coup de lance, je me trouvai entouré de quatre Arabes, avec lesquels je me battis à outrance; je reçus encore deux blessures

A ij

l'une dans le flanc, l'autre au col; et j'eus la douleur de
voir plusieurs têtes de mes malheureux compagnons por-
tées sur des piques; ce spectacle me rendit furieux; je
repris mon courage et mes forces.... mais un dernier
coup de lance dans le côté droit me désarçonna, je
tombai de cheval, et à la merci des Arabes; ils se jetèrent sur moi comme des vautours affamés de carnage,
me dépouillèrent de mes vêtemens, ne me laissèrent que
mon caleçon et ma chemise; l'un d'eux pour être plus
sûr d'avoir mes anneaux, se mit en devoir de me couper
les oreilles, heureusement pour moi qu'ils cédèrent
à ses efforts, j'en fus quitte pour la peur. Quoique sans
armes, nud et baigné dans mon sang, ils me portèrent
un coup de lance au corps, je le parai avec ma main
droite, qui en fut traversée; ils hachèrent en pièces,
sous mes yeux, quatorze de mes compagnons, ainsi que
mon camarade *Terrand*, et vinrent me présenter et faire
baiser leurs têtes sanglantes; j'ai sçu depuis que les autres
dragons, tous blessés très-dangereusement, étaient par-
venus à s'échapper. Comme plusieurs Arabes vinrent à
différentes fois me porter le couteau sur la gorge, je
crus qu'ils voulaient me faire éprouver le même sort qu'à
mes braves amis, mais j'étais réservé pour des tourmens
plus affreux, ils devaient épuiser sur moi tout ce que la
barbarie peut inventer de plus cruel; ils devaient m'abreu-
ver à longs traits du calice de la terreur; je ne sais
comment j'ai échappé à la mort. Je n'ai pas l'amour-
propre de croire que mon courage et l'opiniâtreté avec
lesquels je me suis défendu leur ait imposé du respect,
mais je me suis apperçu, à quelques signes répétés,
qu'ils avaient trouvé un ennemi digne de les combattre,
et qu'ils me regardaient comme un brave dont la pos-
session leur était d'une grande importance. Le carnage
fini, et le butin partagé, ils se mirent en marche, et

me forcèreut à les suivre *à pied*, malgré l'état où j'étais. Le sang que je perdais me fit bientôt tomber en défaillance; comme ils voulaient précipiter leur marche dans la crainte de voir venir contr'eux quelques détachemens de l'armée française; ils me firent monter sur le cheval d'un des dragons massacrés , et je pris la queue de la colonne, marchant avec les chevaux de prise qu'ils menaient en main. Après quelques pas , je tournai bride et pris la fuite ; ils s'en apperçurent, mirent à ma poursuite leurs chevaux , plus vîtes que le mien , me joignirent bientôt, et me ramenèrent sans m'inquièter autrement, ils étaient trop occupés de leur victoire.

Je traversai avec eux plusieurs villages; par-tout à ma vue les habitans entraient en fureur, poussaient des cris de rage en marchant à moi ; les plus près me crachaient au visage, les autres m'assenaient des coups de bâton, me lançaient des pierres ; les femmes, leurs enfans à la mamelle, enchérissaient sur la cruauté des hommes, elles briguaient l'horrible avantage de me conspuer les premières . . . .

Arrivé sur les montagnes, le chef divisa ses forces par détachemens de quatre-vingt , soixante, cinquante et trente hommes. Cinq Arabes furent désignés pour me garder, et l'on se remit en marche ; on fit halte dans un fonds, la troupe se rangea autour de moi , et son chef me fit incliner la tête à plusieurs reprises en tirant son sabre, qu'il agitait d'une façon peu rassurante pour moi , en prononçant : *Jaffa , Jaffa , Marasthe*, avec l'expression de la plus profonde indignation ; je soupçonnai qu'il voulait sans doute parler de la ville de Jaffa, dont nos troupes s'étaient emparées, et dont les habitans avaient éprouvé le sort d'une ville prise d'assaut. Cette place n'était qu'à six lieues de nous, et le souvenir des traitemens qu'avaient éprouvés les Arabes le disposait peu en ma faveur.

Il était neuf heures du soir, mes blessures n'avaient point été pansées; j'avais une fièvre dévorante : je n'avais pris aucune nourriture; le froid était excessif, et mes sentinelles s'occupaient peu du soin d'adoucir mes tourmens. A onze heures, quatre se détachèrent pour aller couper du bois; le cinquième resta près de moi. Ils revinrent, allumèrent du feu et fumèrent leur pipe fort tranquillement. Je crus ce moment propre à tenter une seconde évasion. Je rassemblai le peu de forces qui me restaient: je me soulevai, m'éloignai doucement et me jettai à travers les montagnes, où je craignais peu qu'ils me joignissent, tant les chemins étaient difficiles et impraticables, sur-tout pour les chevaux. A quelque distance, je levai la tête et apperçus un de mes Arabes; je me blotis dans les ronces et les épines, et une heure après, toujours nuds pieds, mon caleçon et ma chemise en lambeaux, le corps déchiré par les buissons, meurtri par les pointes rocailleuses, et malgré le sang qui s'échappait de mes blessures, je continuai ma route, en gravissant les rochers les plus escarpés, en me traînant sur les mains, sur les coudes, sur les genoux, comme une biche timide qu'un chasseur a blessée. Je fis plus de six lieues dans cet horrible état, et je passai auprès de plus de trente bivouacs Naplousains, dirigeant toujours ma route du côté où je soupçonnais que pouvait être le corps d'armée du général *Kléber*, sous les ordres duquel était une division de cavalerie, commandée par le général *Murat*, dont le troisième régiment de dragons faisait partie. Après une marche forcée, tombant de fatigue et d'épuisement, je me croyais au terme de mes souffrances; mais les premiers rayons du jour dissipèrent et les ombres de la nuit et mes espérances: je me trouvai entre deux villages ennemis et à plus d'une lieue du camp français, que je commençais à reconnaître; j'étais tellement épuisé, anéanti, que je ne pus faire un pas de

plus ; loin de pouvoir rassembler mes forces , je ne
pouvais rassembler mes idées : je demeurai plus d'une
demi - heure , je crois , dans cet état d'immobilité.
Revenu à moi, je sentis mon cœur se ranimer ; je nouai
autour de mes reins les lambeaux de ma chemise , et
me traînai sur le ventre plus de mille pas : je fus apperçu
par trois turcs armés ; ils s'approchèrent de moi, démêlè-
rent quelques traits de figure humaine à travers le sang
qui me couvrait, m'aidèrent à me soulever , et me con-
duisirent dans le village prochain où ils me présentèrent à
leur chef, nommé *Joseph Joücrosse* , qui commandait trois
mille chevaux. J'éprouvai de la part de ses soldats et des
habitans les mêmes traitemens qu'à la suite de ma première
escorte. On me *jeta* dans une étroite prison , et ce ne fut
que le soir du 24 ventôse, et après trente-sept heures de
misère que je reçus quelques soulagemens. Un *Romain*
qui , dans la cour du chef des Turcs, m'avait vu arracher
et broyer avec les dents quelques brins d'herbe , fut ému
de pitié et m'apporta du riz à l'huile et un peu d'eau......
Homme secourable et peu fait pour servir sous des maîtres
aussi cruels , reçois ici le tribut de ma reconnoissance ; sans
toi , sans ta généreuse assistance , j'expirais sur une terre
étrangère ; sans toi , je n'aurais point revu mon heureuse
patrie, affranchie des *Sgezzar*, des *Joseph Joücrosse* ; sans
toi, je n'aurais point revu qnelques amis véritables ,
échappés à la proscription ; sans toi , je n'aurais point em-
brassé ma famille.

Sur la fin du jour , on vint m'arracher de mon cachot ,
pour me traîner dans la chambre du conseil où je trouvai
Joseph Joücrosse , entouré de deux cents hommes et des
principaux du canton. Il me fit demander par son drogman,
en langue italienne, si je voulais me faire Musulman. Je
répondis , que lié par serment à mon pays, je lui devais
ma foi ; que je ne la trahirais point ; qu'on pouvait dis-

poser de ma vie ; que je regarderais même comme un
bienfait d'être débarrassé d'un aussi pénible fardeau ; que
si l'on voulait me remettre aux avant-postes français , je
donnerais cent piastres gourdes pour ma rançon , et que
je répondais de leur tête sur la mienne : cette proposition
indigna le chef des Turcs qui me fit reconduire en prison.

Tourmenté par la fièvre , étendu sur la terre humide ,
j'y restai jusqu'à minuit que l'on vint me saisir pour
comparaître une seconde fois devant le chef des canni-
bales; il me commanda de réciter mes prières à Mahomet ;
je refusai; les signes les plus menaçans furent employés
pour me décider à invoquer le grand Prophète ; je
bravai toutes les menaces; on me mit hors de la chambre ,
et je trouvai à la porte trois Naplousains à cheval qui
m'attachèrent les mains derrière le dos , me lièrent for-
tement les poignets et les pouces , et me firent mar-
cher devant eux.

Me voilà donc au milieu de la nuit , garotté comme
un criminel , souffrant des douleurs inimaginables; seul
avec trois Naplousains , dont le caractère féroce m'était
connu , et qui , s'ils ne m'expédiaient pas en route , me
conduisaient peut-être au supplice. A peine j'eus fait
quelques pas que mes forces m'abandonnèrent , et que
je tombai en défaillance; l'un d'eux descendit de cheval
et me porta en croupe sur celui d'un de ses camarades. Après une heure de marche la jument qui nous
portait s'abattit en passant un tourniquet. Le Turc et
moi nous nous trouvions dessous de manière à ne pouvoir nous débarrasser; je tâchai de faire entendre aux
deux autres qu'en me mettant entre les dents les rênes
de leurs chevaux , ils pourraient s'y prendre de telle et
telle manière pour relever notre monture empêtrée dans
le tourniquet; ils me comprirent assez bien , et nous voilà
tous quatre remis en selle. Arrivés dans un petit village,

on me mit dans l'arrière fond d'une mauvaise baraque,
sous la garde de quelques maures, dont la conduite à
mon égard me fit regretter mes premiers bourreaux,
envain je cherchai à les attendrir en leur montrant mon
corps couvert de blessures, et mon bras droit sur-tout
que la corde, par sa trop forte pression, avait fait enfler
considérablement ; rien ne put adoucir leur rage cruelle ;
voyant qu'ils demeuraient insensibles, je feignis d'être
calme et je m'occupai des moyens de ne devoir qu'à
moi quelqu'allègement à mes souffrances.

Après les efforts aussi douloureux qu'incroyables je par-
vins à porter mes bras derrière le dos, et assez bas pour
les faire revenir par devant, en passant mes cuisses et
mes jambes au-dessus de la ligature de mes poignets.
Dans cette position, bien moins difficile, je rongeai avec
les dents les nœuds de la corde, et je me trouvai libre,
soulagé, et je goûtai une heure de repos.

Dès que le jour parut, mes trois turcs vinrent me
prendre, et je quittai avec plaisir un lieu que les
Maures m'avaient rendu horrible ; nous marchâmes
toute la journée : nous fîmes à-peu-près neuf lieues, et
nous rencontrâmes en plusieurs colonnes plus de quatre
mille Arabes Naplouzains à cheval. Aucun des détachemens près desquels nous passions ne fut assez généreux
pour ne pas insulter à ma misère ; je reçus de tous les in-
sultes les plus brutales : enfin le soir nous arrivâmes dans
un petit bourg à quatre lieues de Saint-Jean-d'Acre.

Dès que les habitans m'apperçurent, ils se précipitèrent
en foule sur mes pas, en jetant des cris de joye que leur
inspirait la vue d'un chrétien esclave. On me déposa dans
une maison assez commode où je n'éprouvai aucun mauvais
traitement ; on prit même quelque pitié de mon état ;
mais avant de fermer la porte sur moi, on chargea de fers
mes pieds et mes mains, sans nul égard pour les douleurs

que me faisaient éprouver mes blessures, qui n'avaient point encore été pansées.

Le lendemain 26, nous partîmes pour *Saint-Jean-d'Acre*. Quand nous fûmes sur les bords de la mer, on me fit descendre de cheval ; je profitai de cette liberté pour cotoyer le rivage et prendre quelques bains de pieds et quelques aspersions pour laver mes plaies ; nous arrivâmes aux portes de la ville, à l'instant même où le pacha *égorgeur* craignant une attaque de la part des Français, avait donné ordre aux habitans de sortir de la place, ne voulant garder que quatre mille Albanais, avec lesquels il avait juré de s'ensevelir sous les ruines de la forteresse.

A mon approche, une masse de peuple armé vient fondre sur moi ; j'entends tirer de tous côtés : aucun coup d'armes à feu ne m'atteignit ; mais j'en reçus beaucoup de lance, de bâton. Je rendrai ici justice au courage de ma faible escorte ; mes Arabes couvrirent mon corps de celui de leurs chevaux, et me défendirent le mieux qu'ils purent de l'irruption des flots d'un peuple furieux : ils parvinrent à me conduire aux portes de Saint-Jean-d'Acre, et me présentèrent au pacha *Dgezzar*. Peignez-vous un malheureux, qui n'a pour unique vêtement qu'un lambeau de caleçon et de chemise qui lui sert de ceinture, dont le bras droit est horriblement gonflé, dont le corps est meurtri, dont le visage dégoute de sang, un malheureux exténué de fatigues, se soutenant à peine, voilà dans quel état je parus devant l'*égorgeur*, et ce monstre ne fut point touché de ce spectacle ! aucune émotion ne parut sur son visage hideux ! Après le rapport que sans doute mes conducteurs lui firent, son drogman me demanda, en *langue française*, où j'avais été fait prisonnier. Je crus devoir lui déguiser la vérité, en lui taisant la première partie de mes aventures, je me bornai à lui répondre « que le 23 ventôse de notre ère républicaine une affaire d'avant-poste s'étant engagée entre vingt-cinq dragons que je commandais et un détachement d'Arabes, j'avais vu périr vingt de més compagnons d'armes; que blessé moi-même et hors de combat, on m'avait dépouillé de tout et laissé pour mort sur le champ de bataille; que le soir ayant recouvré mes forces, j'avais marché toute la nuit pour rejoindre l'armée française; mais qu'égaré dans les montagnes, j'avais donné le matin dans un bivouac ennemi, été fait prisonnier et conduit ici par ces trois Arabes (que je désignai du doigt) ».

Je ne voulais pas lui avouer que j'avais échappé à mes premiers vainqueurs; mais il ne devoit pas l'ignorer, car j'ai su que le vingt-quatre, quarante hommes de leur tribu étaient venus lui présenter quinze têtes de mes camarades, et que leur chef lui avait dit que le *sultan*, en parlant de moi, leur avait échappé. Le pacha me fit ordonner d'aller lui baiser la main; je m'approchai de lui: j'étais peu disposé à pareille cérémonie. Il me sembla, comme au pacha, que je m'en acquittais de mauvaise grace, car ma bouche allait presser la main de *Dgezzar*, quand il la retira avec colère; sans doute il ne me croyait pas digne d'un si grand honneur.

Après cette conférence on me fit conduire dans un cachot étroit, m al sain, dans lequel le jour se montrait à peine, et qu'il me sembla ne pas habiter seul; il était sous le grand escalier du palais: on me mit encore les fers aux mains et aux pieds. J'étais à peine dans ce tombeau qu'un chirurgien vint me panser; je ne puis exprimer la satisfaction que j'éprouvai; je me trouvai soulagé, je sentis mon cœur battre, je repris un nouvel être.

Sur ces entrefaites, et par un évènement aussi heureux qu'imprévu, le commodore Sidney Smith arriva au palais du pacha, qui lui dit avoir en son pouvoir un esclave français , commandant de dragons. M. le chevalier demanda à me voir; on m'amena devant lui, toujours nud et chargé de chaînes : il était vêtu à l'Européenne , et était accompagné de son état-major des deux armés, et de M. Philippe , émigré français. Mon état parut le toucher , il m'assura affectueusement qu'il emploierait tous les moyens qui étaient en son pouvoir ponr adoucir mes maux et m'arracher de l'esclavage ; il en parla même au pacha en ma présence, et lui proposa mon échange de guerre, et ajouta qu'il serait possible que le général Bonaparte eût des prisonniers turcs, que par son entremise on pourrait traiter aussi de leur échange ; le terrible pacha fit répondre au commodore, par son interprète, que si Bonaparte avait quelques Turcs prisonniers, il pouvait fort bien leur faire sauter la tête, que pour lui il ferait sauter toutes celles des Français qui tomberaient entre ses mains. M. Sidney chercha à me rassurer en me disant qu'il se flattait d'obtenir dans un autre moment ce que le pacha lui refusait , je répondis à toutes les choses encourageantes qu'il m'adressa, qu'échappé depuis plus de trois jours à toutes les horreurs de la mort , et presque accoutumé à la voir, loin de la redouter, je la regardais comme un bien , que j'étais très-reconnaissant de ses bons offices, et que je le priais de me les continuer.

Je retournai dans mon cachot rejoindre mes compagnons de misère; ils étaient au nombre de douze, dont onze chrétiens , négocians de Jérusalem, de Damas, du Caire , et un prêtre qui parlait la langue italienne. A leur aspect je fus étonné , ainsi que moi ils étaient tous dans un état déplorable; ignorant leur profession et leur croyance je n'osais leur adresser la parole ; ils devinèrent mon embarras, l'un d'eux me fit entendre , en italien , que depuis sept mois, dépouillés de leur for-

tune , ils pourrissaient dans ce cachot , qu'ils étaient
tous chrétiens, et pour me le prouver, ces honorables
victimes de la barbarie et de l'avarice du pacha , se
précipitèrent tous à genoux autour de moi , et firent le
signe de la croix. Je leur rendis leur signe et me jetai
dans leurs bras , ils me baignèrent de larmes, me la-
vèrent les pieds , déchirèrent les meilleures pièces de
leurs vêtemens , presque pourris et rongés de vermine ,
pour m'en couvrir. Nous confondions nos soupirs et nos
espérances : je vous laisse à sentir ce que cette situation
avait de délicieux pour un malheureux, qui depuis trois
jours avait été torturé , et chez qui la douleur était
entrée par tous les sens ; tout autre sentiment disparut
pour ne faire place qu'à celui de la bienfaisante pitié,
de la douce et religieuse confiance ; qu'ils étaient tou-
chans les soins que je reçus de ces honorables martyrs !
Hélas ! je ne les ai plus revus , ils furent tous impi-
toyablement égorgés au premier coup de canon que les
Français tirèrent sur les murs de Saint-Jean-d'Acre.

Le 27 ventôse, à neuf heures du soir, le Commodore
Sydney envoya son secrétaire M. *John-Keith* , avec une
lettre pour le pacha. Il le priait de me faire conduire
sous escorte , à son bord. *Dgezzar,* un peu plus traitable,
fit répondre au chevalier , que puisqu'il attachait un si
grand prix à ma délivrance , je serais rendu dans deux
heures, à bord du *Tigre*. M. John fut prévenir le consul
anglais , de cette réponse , pour qu'il eût à me recevoir
chez lui.

Le pacha tint sa promesse, quoique verbale ; à onze
heures les portes de mon cachot s'ouvrirent. Je vis en-
trer, à la lueur d'une lampe, le colonel des Albanais,
suivi de quinze hommes armés, et accompagné du drogman
du pacha, je crus que ma dernière heure était sonnée.
Monsieur l'officier, me dit le drogman, vous êtes libre.

Je sais , lui répondis-je froidement, l'espèce de liberté
que je dois attendre d'un maître aussi cruel que celui
que vous servez. Marchez ; je vous suis au supplice....
Cette cruelle ironie manquait à votre caractère et à mes
malheurs. La garde se mit sur deux rangs , et je sortis de
ce lieu terrible , où je laissais cependant des amis ; ceux que
donne le malheur sont les plus chers. Je croiais aller à
la mort. Nous entrâmes chez le consul anglais ; on m'ôta
mes fers , il me fit donner *une roupe* pour me couvrir et
me dérober aux yeux des sentinelles qui bivouacquaient
dans les rues. Le consul qui m'avait accompagné jusqu'aux
portes de la ville , me remit à bord du vaisseau *le Tigre* ,
que montait le commodore Sydney.... Après tant d'an-
goises , je respire : il est minuit. Quel changement subit ,
quel bonheur inespéré !....... Messieurs les officiers
anglais , de tout grade, vinrent au-devant de moi. On
s'empressa de me faire jetter à la mer mes misérables
haillons. Je pris un bain , et je n'en sortis que pour être
pansé par le chirurgien du commodore ; et on me donna
des vêtemens convenables. Le chevalier arriva lui-même
quelques minutes après : il m'accueillit avec bienveillance
et bonté, me félicita d'avoir pu échapper dans un moment aussi dangereux ; car, ajouta-t-il, l'armée française
vient d'arriver sous les murs de St. Jean d'Acre , et au
premier coup de feu , votre tête serait tombée sous le fer
du pacha. Je voulus lui exprimer ma reconnaissance en
termes bien vifs, bien sentis ; il en reçut les témoignages
avec modestie, s'avoua trop heureux d'avoir pu être utile
à un officier français , de l'armée commandée par le
général Bonaparte.

Ici se terminent mes longs malheurs ; ceux que j'ai
essuyés avant mon retour en France , ont eu une autre
cause, sont peut-être d'une importance moins grande ,
mais je vous ai promis de vous faire le récit de tout ce qui

m'est arrivé avant de revoir ma patrie, et je tiendrai parole, sans réflexion aucune. Ce sera tout bonnement un journal que je vais tracer, et que vous lirez avec la même indulgence.

Le 2 germinal, le chevalier Sydney Smith, envoya M. John-Keiht au général Bonaparte, en parlementaire. Je saisis cette occasion pour donner de mes nouvelles au chef de brigade du troisième Régiment de dragons, le citoyen *Bron*; je lui envoyai le précis de mes aventures, avec instance de prier le général de traiter de mon échange, comme prisonnier des Turcs. J'appris par le retour du parlementaire, M. John, que l'on m'avait cru mort, et qu'on avait vendu mes chevaux et mes effets le 24 ventôse. Du 2 au 13 germinal, nous avons croisé sur les côtes de Tripoli, et sommes revenus mouiller devant St. Jean d'Acre.

Le citoyen l'Allemand, lieutenant de la garde à cheval, de Bonaparte, vint en parlementaire à bord du *Tigre*: j'appris par cet officier que le pacha-égorgeur, à la nouvelle de l'arrivée des Français, sous les murs de St. Jean d'Acre, avait fait étrangler tous les chrétiens qui se trouvaient dans cette ville, et que le consul avait éprouvé le même sort; que leurs corps mis dans des sacs, et jettés à la mer, avaient été portés sur le rivage, et reconnus par l'armée française. Le citoyen l'Allemand me remit une lettre du capitaine Curto, dans laquelle cet officier me faisait, au nom de tous ses camarades, l'offre de secours qui pouvaient m'être nécessaires, et le témoignage du plus vif intérêt et de l'amitié la plus franche. Je donnai au citoyen l'Allemand une réponse pour mes braves camarades, et l'état des effets qui pouvoient m'être utiles. Le Commodore Sydney ne voulant pas entendre aux propositions (*) d'arrangemens, dont le cit.

(*) Les propositions tendoient à obtenir du Commodore Sydney, le renvoi à l'armée, de tous les officiers et marins français qu'il avait à son bord.

l'Allemand étoit porteur de la part du général Bonaparte.
Je n'ai pu revoir qu'à mon retour en France le citoyen
l'Allemand, actuellement aide-de-camp du général Juno
commandant la place de Paris; cet officier a conservé pour
moi le même attachement qu'il m'avait voué en Egypte.

Le chevalier Sidney Smith fit fréter, par M. Hedoux,
lieutenant de vaisseau, et Français, un bâtiment russe
pour transporter sur le continent, et sur leur parole
d'honneur de ne plus porter les armes contre sa majesté
britannique, les officiers et marins qu'il avait à bord de
sa flotte; il fit une exception en ma faveur, comme
prisonnier des Turcs, et me délivra un passeport, dont
copie est jointe à ce journal.

Le 26 germinal nous partîmes, faisant voile pour la
France. Nous avions à bord un officier anglais pour
montrer nos lettres de marque dans les ports des puis-
sances coalisées, obtenir secours et protection.

Le jour où nous levâmes l'ancre nous fûmes instruits
que l'armée française avait déjà tenté six fois d'enlever
Saint-Jean-d'Acre d'assaut, que six fois elle avait été
repoussée, et nous entendions une canonnade continuelle
de part et d'autre.

Notre bâtiment relâcha à l'île de Rhodes; nous y
trouvâmes plusieurs Français, faits prisonniers par les
Turcs, à la suite de la bataille d'Aboukir et traités par
eux à Rhodes de la manière la plus horrible : je ne
puis m'empêcher de vous citer un évènement dont le
tableau douloureux, présenta encore mon imagination,
me saisit d'horreur à l'instant où je vous le trace; droit
affreux de la guerre, hommes barbares! qui vous faites
un jeu de la vie des hommes, les tygres sont plus hu-
mains que vous.

Deux de nos malheureux compatriotes voyant notre
bâtiment à l'ancre, et à peu de distance du bord sur

lequel ils gémissaient, brisent les fers qu'ils portaient aux pieds, dépouillent leur vêtement, se jetent à la nage, s'approchent de notre vaisseau, lèvent vers nous leurs mains suppliantes, implorent notre secours ; ils n'espèrent qu'en nous......Le lieutenant Grec que nous avions à bord fait jeter la chaloupe à la mer, ils y montent..... ponr être reconduits sur le rivage ou les bourreaux et la mort la plus cruelle les attendent. Nous étions sur un vaisseau parlementaire, nous ne pouvions sauver la vie des Français ; nous violions le droit des gens.... je m'arrête, mon sang remonte vers mon cœur ; le droit des gens !... si quelque souvenir me console, c'est de pouvoir assurer que le capitaine anglais employa tout pour les sauver, mais qu'il ne put y parvenir, les Turcs furent sans pitié. En quittant les parages de l'île de Rhodes, nous entrâmes dans l'Archipel où les vents contraires nous retinrent neuf jours.

Le 22 floréal nous fîmes route dans la Méditerrannée, où pendant sept heures nous fûmes assaillis d'une tempête affreuse. Le bâtiment faisait eau de toutes parts. Dans ce commun danger, tout l'équipage fut animé du même esprit, l'espoir de sa conservation rapproche tous les cœurs, le même courage anime tous les passagers, tous excepté les Russes et les Grecs, qui, cachés dans l'entrepont, qu'ils faisaient retentir de leurs hurlemens, jetaient l'épouvante dans le vaisseau, mais, officiers de marine, soldats, matelots, Français réunirent leurs efforts, combinèrent savamment leurs manœuvres, et les exécutèrent avec tant de précision, le lieutenant de vaisseau *Hedoux* se porta partout avec tant de sang-froid et d'activité que nous parvinmes à braver la tempête ; elle se calma. Nous continuâmes notre route et abordâmes Syracuse où nous restâmes trois jours pour faire de l'eau et nous ragréer... Nous y fûmes informés que les Siciliens avaient égorgés à *Argouste*, en Sicile, à quatre lieues de Syracuse, les passagers de deux bâtimens venant d'Alexandrie. Ils étoient trois cents, dont deux cents Français, attaqués de cécité ; de ce nombre avait été le commissaire ordonnateur Sussy.... voilà le droit des gens qu'invoquaient les officiers Grecs de notre bord. Enfin nous allâmes mouiller à Mesine pendant vingt-quatre jours , de-là nous abordâmes la rade de Toulon le 21 prairial, et après notre quarantaine expirée, je débarquai pour rejoindre notre escadron complémentaire à Marseille.

Voilà , mon cher capitaine , la vérité toute entière. Que pareilles aventures ne vous arrivent jamais !

Votre ami , D E L E S A L L E.

Certificat du commodore Sidney.

De par le chevalier Sidney Smith, grand-croix de l'ordre royal et militaire de l'épée de Suède , ministre plénipotentiaire de sa majesté britannique près la Porte Ottomane , et commodore de son escadre dans les mers du Levant.

Je certifie que M. Augustin Delesalle , sous-lieutenant au troisième régiment de dragons , blessé et fait prisonnier par les Arabes, fut par eux livré au pacha d'Acre, le 16 Mars, des mains duquel je le fis retirer le lendemain , et le renvoye dans sa patrie, ne pouvant lui permettre de retourner à l'armée française.

En foi de quoi je lui ai donné le présent certificat.

Fait à bord du vaisseau de sa majesté le *Tigre* , devant Saint-Jean-d'Acre, ce 12 Avril 1799.

Signé S I D N E Y S M I T H.

Pour copie conforme :

Signé A U G U S T I N D E L E S A L L E.

De l'Imprimerie de B. Duchesne , rue du Mail , n.° 13.

www.ingramcontent.com/pod-product-compliance
Lightning Source LLC
Chambersburg PA
CBHW061629180626
46818CB00005B/2301